Analyse de l'œuvre

Par Isabelle Consiglio et Lucile Lhoste

Le Mariage de Figaro

de Beaumarchais

lePetitLittéraire.fr

Rendez-vous sur lepetitlitteraire.fr et découvrez :

Plus de 1200 analyses
Claires et synthétiques
Téléchargeables en 30 secondes
À imprimer chez soi

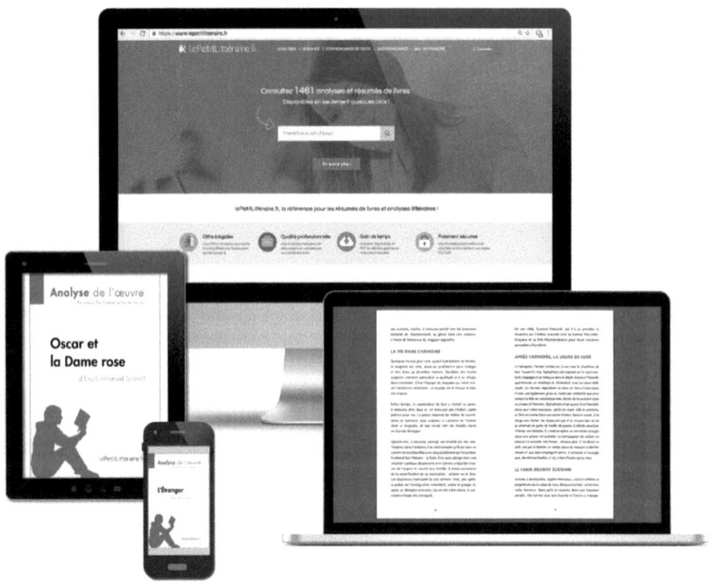

BEAUMARCHAIS

DRAMATURGE, POÈTE, HOMME POLITIQUE ET MUSICIEN FRANÇAIS

- **Né en 1732 à Paris**
- **Décédé en 1799 dans la même ville**
- **Quelques-unes de ses œuvres :**
  - *Eugénie* (1767), drame
  - *Le Barbier de Séville* (1775), comédie
  - *L'Autre Tartuffe ou la Mère coupable* (1792), drame

Né Pierre Augustin Caron à Paris en 1732, Beaumarchais tient son pseudonyme d'une propriété de son épouse : le Bois Marchais. Il travaille dans un premier temps dans l'atelier de son père, maitre horloger. Séducteur invétéré, il est déjà en vue à Paris à partir de 1759 en tant que maitre de musique des filles de Louis XV (1710-1774), puis en tant que conseiller-secrétaire du roi. Il exerce ensuite diverses fonctions diplomatiques.

Beaumarchais ne connaitra réellement le succès littéraire qu'à partir de 1775, avec la représentation du *Barbier de Séville*. Victime de la censure, puis du fonctionnement archaïque de la Comédie-Française, Beaumarchais fonde la Société des auteurs dramatiques en 1777. Elle sera à l'origine de la reconnaissance du droit d'auteur.

LE MARIAGE DE FIGARO

UNE CRITIQUE DE LA SOCIÉTÉ

- **Genre :** comédie
- **Édition de référence :** *Le Mariage de Figaro* suivi de *La Mère coupable*, Paris, Gallimard, coll. « Folio Classique », 1984, 448 p.
- **1ʳᵉ édition :** 1784
- **Thématiques :** noblesse, séduction, privilèges, fidélité, classes sociales, politique

Comédie en cinq actes et en prose représentée pour la première fois en 1784, *La Folle journée ou Le Mariage de Figaro* est la suite du *Barbier de Séville* (1775). L'action se déroule en Espagne dans la demeure du comte Almaviva. Dans le premier volet de leurs aventures, ce dernier, avec l'aide de son valet Figaro, avait épousé Rosine pourtant promise au vieux médecin Bartholo. C'est cette fois au tour de Figaro de convoler en justes noces avec Suzanne, femme de chambre de la comtesse. Voulant à tout prix s'opposer à cette union, le comte Almaviva multiplie les ruses à l'encontre de son valet.

Le ton irrévérencieux et provocateur adopté par le valet à l'encontre de la noblesse fait du *Mariage de Figaro* une pièce au contenu éminemment politique, préfigurant la Révolution française de 1789.

RÉSUMÉ

ACTE I

Les préparatifs pour le mariage de Figaro se précisent. Il doit épouser Suzanne, qui est, comme lui, au service du comte Almaviva. Celle-ci fait cependant part à son fiancé des avances répétées du comte à son égard et de son projet de faire valoir sur elle son droit de cuissage (droit féodal sujet à controverse qui aurait permis au seigneur de passer la nuit de noces avec la jeune mariée si celle-ci était une vassale de ses terres). Le valet doit donc trouver une ruse pour échapper à cette loi.

À côté de cette complication, il en existe une autre : Figaro doit en effet une importante somme d'argent à Marceline, dont il avait autrefois repoussé les avances. Pour cette raison, elle n'hésite pas à faire appel aux ruses du médecin Bartholo et utilise la reconnaissance de la dette comme argument d'annulation du mariage. De plus, sous prétexte de peaufiner la cérémonie, le comte repousse une fois de plus le mariage de son valet. Il tente en réalité de trouver une alternative à l'abolition du droit de cuissage. Croyant que son page Chérubin courtise Suzanne, le comte lui offre sur-le-champ un poste dans l'armée afin de l'expédier dans une province lointaine.

ACTE II

C'est en réalité la comtesse, et non Suzanne, que Chérubin courtise. Avec l'accord et l'aide de cette dernière, Figaro projette de se venger du comte en lui tendant un piège : il remet à Bazile, le professeur de musique de la comtesse, un billet anonyme destiné à la comtesse, annonçant qu'un galant souhaiterait la rencontrer au cours du bal qui doit avoir lieu le soir même. Le but de cette ruse est d'exacerber la jalousie du comte et de détourner son attention du futur mariage. Toujours pour tromper le comte, le valet souhaite envoyer le jeune Chérubin (qui a auparavant feint de partir pour sa campagne militaire), travesti à l'aide des vêtements de Suzanne, à un rendez-vous nocturne avec le propriétaire des lieux.

Alors que Chérubin se trouve encore dans les appartements de la comtesse, le comte, rendu furieux par le billet doux adressé à son épouse, veut forcer la porte de celle-ci. Le jeune page se précipite alors dans le cabinet de toilette. C'est le début d'un imbroglio au cours duquel le page parvient à se jeter de justesse par la fenêtre ; il est remplacé dans son refuge par Suzanne qui sauve la situation. La comtesse, reprochant à son époux son caractère soupçonneux à l'extrême, menace de se retirer au couvent.

La jalousie du comte est sur le point d'avoir raison de lui, lorsque le jardinier affirme qu'il a aperçu un homme tombé d'une fenêtre ouverte. Figaro doit alors multiplier les ruses pour faire croire qu'il s'agissait bien de lui et non de Chérubin. Alors que les choses semblent s'arranger pour les futurs époux, Marceline arrive avec sa reconnaissance de dette : selon elle, Figaro lui doit le mariage pour ne pas avoir remboursé ce qu'il lui devait.

ACTE III

Une première confrontation directe a lieu entre Figaro et le comte Almaviva. Le gentilhomme soupçonne en effet que ce n'est pas son valet qui s'est échappé par la fenêtre de son épouse.

Quelques heures plus tard, le procès opposant Marceline à Figaro débute au château. Celui-ci aurait promis à la jeune femme de l'épouser s'il ne parvenait pas à lui rendre la somme accordée en prêt. Débute alors une polémique entre le valet, qui assure seul sa défense, et Bartholo, l'avocat de Marceline. Le document de reconnaissance de dette n'étant plus lisible, la cour ignore si Figaro doit rembourser Marceline et obligatoirement l'épouser, ou si le mariage est un dédommagement en cas de non-remboursement de la somme.

Figaro évoque alors le prétexte du consentement parental : étant orphelin, il ne peut l'obtenir et donc ne peut se marier. Remarquant la cicatrice qu'il a sur son bras gauche, Marceline reconnait en Figaro le fils qu'elle a eu avec Bartholo. La comtesse offre alors à Suzanne la somme de la dot, garantie d'un mariage imminent.

ACTE IV

Alors que le mariage entre Suzanne et Figaro semble enfin convenu, une rencontre entre Suzanne et le comte est arrangée avec l'aide de la comtesse, le but étant une nouvelle fois de piéger l'époux jaloux.

Un second mariage s'organise au château : Bazile et Marceline vont s'unir. Une promesse avait été signée plusieurs années auparavant, la condition de cette union étant que Marceline retrouve l'enfant qui lui avait été ravi par des brigands.

ACTE V

Figaro apprend que Suzanne a accepté un rendez-vous nocturne avec le comte. Désespéré, il se laisse aller à une longue lamentation sur la fidélité des femmes et les privilèges de la naissance. Voyant arriver Suzanne, il se cache dans le parc. Il s'agit en réalité de la comtesse qui a pris l'apparence de sa domestique pour tromper son époux. Le comte arrive et croit charmer Suzanne. Il offre en réalité une dot et un diamant à sa propre épouse. Pendant ce temps, Chérubin courtise Suzanne qu'il prend pour la comtesse. Le comte s'aperçoit alors de la tromperie, et le mariage entre Suzanne et Figaro est conclu avec une dot de plus.

ÉTUDE DES PERSONNAGES

FIGARO

Enfant dérobé par des brigands, vagabond sans réel nom de baptême et sans titre de noblesse, Figaro a, selon ses dires, exercé toutes les professions avant de devenir barbier à Séville. C'est là qu'il rencontre le comte Almaviva, devient son valet et l'aide à sauver la jeune Rosine des griffes de Bartholo.

Figaro est avant tout rusé : il représente la figure du valet trompant son maitre via le travestissement et le mensonge. Il se joue des conventions sociales rigides de son époque. Son impressionnant franc-parler est parfois proche de l'insolence envers la noblesse ou la justice.

Amoureux fou de Suzanne, il est prêt à tout pour faire cesser le jeu de séduction du comte Almaviva. Bien conscient des limites de son rang, son opposition et sa révolte ne sont pas violentes, mais il utilise la parole comme instrument de contestation : les répliques provocatrices fusent chez ce valet parfois désespéré du rang qu'il occupe dans la société.

En tant que personnage central, Figaro rythme la pièce par ses apparitions inattendues. De plus, ses nombreux apartés le rapprochent du public dont il a acquis la sympathie.

SUZANNE

Jeune camériste dévouée à la comtesse, Suzanne est le

double féminin de Figaro à en considérer son franc-parler. Elle possède un caractère déterminé et moqueur, surtout envers les hommes. Ignorant les différences sociales, elle n'hésite pas à s'associer à la comtesse pour tromper son maitre en ayant recours au déguisement.

Exaltées et rieuses, les interventions de ce personnage sont ainsi dynamiques. Rare personnage féminin de la Comédie-Française à échapper au schéma classique de l'ingénue naïve tombant dans les pièges d'un amour flatteur et intéressé, Suzanne est une amoureuse rusée et jalouse.

COMTE ALMAVIVA

Propriétaire du château d'Aguas-Frescas et homme de pouvoir, le comte est un personnage rusé, moqueur, jaloux et soupçonneux. Trouvant des moyens détournés pour parvenir à tout prix à ses fins, il abuse de son rang avec la jeune Suzanne et est, selon les dires mêmes de son épouse, « tyrannique ». Ne supportant que très peu la défaite ou toute forme d'opposition à ses projets, ce charmeur invétéré représente l'autorité et la rigidité des principes des hommes de l'Ancien Régime (1515-1789).

Il est intéressant de souligner l'importante évolution de ce personnage qui ne semble pas éprouver de gratitude envers Figaro, pourtant à l'origine de son mariage avec Rosine. Il tente en effet durant toute la pièce de séduire Suzanne, pourtant promise à son valet, et persiste dans cet objectif jusqu'à la fin. Ce n'est qu'après avoir compris qu'il a été dupé qu'il se voit contraint de laisser le mariage de Suzanne et Figaro avoir lieu.

COMTESSE ROSINE

Rosine est le seul personnage ayant franchi les barrières sociales puisque, de roturière, elle est devenue comtesse. Elle n'en oublie pas pour autant ses origines car, en choisissant d'aider la jeune Suzanne, elle trompe son mari et s'oppose radicalement aux principes de ce dernier. D'une nature généreuse et joviale, la comtesse fait preuve d'une certaine frivolité en courtisant le jeune Chérubin.

N'ignorant pas les intentions de son mari envers Suzanne, son discours sur la gent masculine est ferme et souvent critique : « Me suis-je unie à vous pour être éternellement dévouée à l'abandon et à la jalousie, que vous seul osez concilier ? » (acte II, scène XIX). Femme mariée faisant preuve d'initiative et d'indépendance, elle décide seule de tromper son mari pour le reconquérir et lui prouver sa valeur.

MARCELINE

Personnage féminin d'abord secondaire, Marceline acquiert un rôle grandissant au sein de l'intrigue, puisqu'on découvre à la stupéfaction générale qu'elle est en réalité la mère de Figaro. Ses préoccupations évoluent également : déterminée dès le début de la pièce à faire valoir ses droits financiers ou à épouser Figaro, elle se pose en rivale de Suzanne ; véritable mère protectrice par la suite, elle aide Suzanne et Figaro à concrétiser leur union.

C'est également via le discours de ce personnage qu'est introduite la thématique de la condition féminine. Marceline n'hésite pas, en effet, à blâmer les hommes et leur comportement souvent égoïste, notamment Bartholo qui, malgré la naissance d'un fils, ne l'a pas épousée.

CHÉRUBIN

Jeune page du comte, adolescent amoureux de la comtesse, Chérubin découvre les premiers émois amoureux. Il est entièrement dévoué à la comtesse puisqu'il affirme préférer mourir plutôt que de lui nuire : « Dans un gouffre allumé, Suzon ! oui, je m'y jetterais, plutôt que de lui nuire... » (acte II, scène XIV). Son comportement d'amoureux exalté est proche de la parodie.

Il use de ruses très risquées pour voir la comtesse, puisqu'il est, lors de l'acte II, tout près d'être pris en flagrant délit (il ne doit son salut qu'à Figaro qui prétend que c'était lui qui visitait la comtesse). Impliqué malgré lui dans le complot final, il courtise Suzanne sans le savoir, ce qui participe à son ridicule.

BARTHOLO

Vieux médecin de Séville, Bartholo a une importance secondaire par rapport à celle qu'il avait dans *Le Barbier de Séville*, pièce dans laquelle il tente de conquérir Rosine. Ce personnage rappelle le barbon des comédies classiques : homme âgé, souvent avare et colérique, il tente de s'attirer les faveurs d'une très jeune femme.

Dans *Le Mariage de Figaro*, il assure essentiellement la fonction d'avocat de Marceline au cours du procès qui l'oppose à

Figaro. Bartholo refuse par ailleurs de reconnaitre officielle-
ment la paternité de Figaro.

CLÉS DE LECTURE

UNE PIÈCE POLÉMIQUE ET POLITIQUE

Un contenu provocateur

Le Mariage de Figaro a connu dès les premières représentations un immense succès. Celui-ci est en partie dû au ton léger et dynamique de la comédie que soutiennent les répliques aiguisées de Figaro. Mais la pièce doit également son succès à sa force polémique et à son contenu politique. En effet, l'essentiel de l'intrigue consiste en l'opposition entre un valet et son maitre quant à une série de privilèges associés à un rang social. Malgré le ton léger de la comédie, le spectateur ne peut ignorer cet aspect critique.

La censure royale

Beaumarchais craint que sa pièce soit trop subversive, et à raison : Louis XVI (roi de France, 1754-1793) la fait censurer parce qu'il juge notamment qu'elle égratigne trop violemment les personnes et instances respectables de l'époque. Si l'auteur présente sa pièce comme un simple badinage amoureux, il ne peut échapper à une interprétation plus critique de son texte, puisqu'il affirme lui-même que le théâtre a le pouvoir de critiquer l'autorité, sans la blesser toutefois :

> « Les vices, les abus, voilà ce qui ne change point, mais se déguise en mille formes sous le masques des mœurs dominantes : leur arracher ce masque et les montrer à découvert, telle est la noble tâche de l'homme qui se voue au théâtre. » (préface du *Mariage de Figaro*)

Avec *Le Mariage de Figaro*, Beaumarchais critique les mœurs dominantes (celles de l'Ancien Régime) et tente d'aller plus loin que dans *Le Barbier de Séville* en renversant l'État. Le comte Almaviva représente la figure d'un pouvoir monarchique absolu et omnipotent. Les autres personnages, épouse et domestiques, ne peuvent qu'obéir : c'est ainsi que Chérubin, soupçonné d'être l'amant de la comtesse, est menacé d'être renvoyé. Almaviva ne peut cependant, malgré sa puissance, obtenir les faveurs de Suzanne, comme il l'espère. C'est même cette volonté qui précipite sa chute puisque, conscients de sa faiblesse, Figaro, Suzanne et la comtesse lui tendent un piège pour le tourner en ridicule : il croit courtiser Suzanne alors qu'il fait en réalité la cour à sa propre épouse. La figure du pouvoir se prête donc plus au rire qu'à l'admiration.

À l'époque de la censure et des premières représentations de la pièce, tout n'était bien évidemment pas permis. L'autorité royale aurait difficilement pu tolérer les critiques de Beaumarchais contre l'omnipotence des puissants. Celle-ci est due à la fois à la position qu'ils occupent et aux privilèges qui en découlent. Le dramaturge critique également avec force la politique, qui n'est selon Figaro qu'intrigues et tromperies. En outre, la justice est ridiculisée dans la scène du procès entre Marceline et Figaro.

> « [...] Jouer bien ou mal un personnage, répandre des espions et pensionner des traîtres ; amollir des cachets, intercepter des lettres, et tâcher d'ennoblir la pauvreté des moyens par l'importance des objets : voilà toute la politique, ou je meure ! » (acte III, scène v)

Mais la pièce va beaucoup plus loin, comme l'ont admis à postériori de grands hommes politiques : Danton (avocat et homme politique français, 1759-1794) et Napoléon Ier (empereur français, 1769-1821) ont tous deux perçu les germes de la révolte dans les actions entreprises par Figaro. L'intrigue, évoque en effet un renversement des rôles : Figaro se dresse contre son maitre ; les femmes contre leur condition qui exige d'elles l'obéissance ; les domestiques se révoltent contre le pouvoir en place parce qu'il les empêche d'atteindre leurs desseins.

Beaumarchais critique également les privilèges qui sont à la source d'inégalités sociales. Dans le système féodal en vigueur jusqu'en aout 1789, la société fonctionnait selon les privilèges féodaux (des lois particulières applicables aux différentes couches de la société ; celui qui n'appartenait pas à l'une d'elles n'avait aucun droit), que le roi est censé garantir. Les inégalités qui en découlent, sont illustrées par Beaumarchais par l'intermédiaire de l'opposition entre le comte et la domesticité : le premier dicte sa loi, les autres n'ont d'autre droit que celui d'obéir. Les seconds ont également bien plus de difficultés à obtenir quoi que ce soit, malgré tous les efforts qu'ils fournissent :

> « Noblesse, fortune, un rang, des places, tout cela rend si fier ! Qu'avez-vous fait pour tant de biens ? Vous vous êtes donné la peine de naître, et rien de plus. Du reste, homme assez ordinaire ! tandis que moi, morbleu ! perdu dans la foule obscure, il m'a fallu déployer plus de science et de calculs, pour subsister seulement, qu'on n'en a mis depuis cent ans à gouverner toutes les Espagnes : et vous voulez jouter... » (acte V, scène III)

Nait de cette injustice un climat de révolte, et, bientôt, les domestiques tentent de reconquérir le droit de disposer d'eux-mêmes. Ils désirent ne plus devoir déployer tant de trésors d'ingéniosité pour le peu qu'ils en retirent. Au terme des événements durant lesquels Figaro use de sa ruse pour conduire la révolte, les privilèges sont abolis un temps.

Une préfiguration de la Révolution française ?

Certains auteurs et critiques ont vu en l'œuvre de Beaumarchais une préfiguration, voire la cause de la Révolution de 1789, et ce en raison de ses fortes revendications sociales. Il est cependant nécessaire de nuancer ces affirmations, même si *Le Mariage de Figaro* est certainement le reflet du climat ayant fait naitre la Révolution.

De plus, la forme et le contenu de cette comédie ne correspondent plus au schéma classique des pièces de théâtre de l'Ancien Régime, préfigurant ainsi un profond changement.

UN RENOUVÈLEMENT DU GENRE COMIQUE

Beaumarchais préconisait dans ses écrits théoriques sur le théâtre un certain renouvèlement du genre, avec davantage de fluidité et d'expressivité chez les personnages. Mêlant des éléments de la tragédie avec des éléments de la comédie de mœurs, *Le Mariage de Figaro* est selon lui « [...] un drame sérieux ». On y retrouve des ressorts classiques de la comédie ou de la farce tels que :

- le duo valet-maitre ;
- un valet plus rusé que son maitre ;

- le recours au travestissement ou au camouflage dans des cachettes telles que des armoires ou des pavillons ;
- des situations de confusion ou d'imbroglio entre les différents personnages ;
- le retournement brutal de situation et la reconnaissance d'un enfant perdu ;
- le fait de bafouer l'autorité des maitres ou des anciens.

Cependant, la pièce contient également des éléments novateurs. Le duo maitre-valet ne poursuit en effet pas le même but que dans *Le Barbier de Séville*, où ils étaient complices. Dans *Le Mariage de Figaro*, il se divise totalement : les personnages de Figaro et du comte sont, dans ce cas-ci, des rivaux amoureux. Le valet jouit également d'une étonnante liberté de ton. Il critique aussi bien la noblesse et ses privilèges que la justice.

Figaro ne sert pas uniquement à amuser le public, puisqu'il est le principal porte-parole de revendications sociales.

Enfin, les figures féminines présentes dans *Le Mariage de Figaro* sont particulièrement fortes et indépendantes. Elles introduisent pour la plupart un discours sur la condition féminine et la fidélité.

LIENS AVEC *LE BARBIER DE SÉVILLE*

Le Mariage de Figaro se situe, chronologiquement, quelque temps après *Le Barbier de Séville*. Dans celle-ci, le comte Almaviva courtise Rosine, alors encore roturière et orpheline placée sous la tutelle de Bartholo.

Figaro, qui est déjà son valet dans cette première pièce, lui est d'une grande aide puisqu'il permet à son maitre de conclure le mariage.

Almaviva, Figaro, Rosine et Bartholo reviennent donc dans cette seconde intrigue. Ils sont accompagnés d'une série de nouveaux personnages, en particulier Marceline (non apparue mais évoquée dans *Le Barbier de Séville*), Suzanne et Chérubin. Ces ajouts permettent à la fois de justifier la nouvelle intrigue (Marceline participe à la révélation finale, Suzanne est la fiancée de Figaro et l'objet de la convoitise d'Almaviva jusqu'au dernier acte et Chérubin participe à son insu au quiproquo final) et d'introduire de nouveaux thèmes et rapports entre les personnages.

LES PROCÉDÉS COMIQUES DANS *LE MARIAGE DE FIGARO*

Beaumarchais utilise divers procédés usuels du théâtre pour susciter le rire, dont notamment le comique de situation qui survient à la suite d'une situation incongrue ou d'un rebondissement propre à amuser le lecteur/spectateur. On en trouve de plusieurs types dans la pièce :

- **la répétition**. Elle peut être visuelle (par exemple les révérences successives de Suzanne et Marceline dans la scène v de l'acte I, lorsqu'elles se disputent sous le regard de Bartholo) ou verbale (dans la scène xviiii de l'acte V, le comte répète la même réplique « Non, non ! » tout le long, tandis que les autres personnages s'agenouillent successivement devant lui) ;

- **l'inversion**. À la différence de la répétition, l'inversion fonctionne sur la base d'un renversement de la situation de départ. Dans la scène VIII de l'acte V, où Suzanne (déguisée en comtesse) et Figaro sont seuls, ce dernier croit à tort que sa fiancée le trompe. Lorsqu'il se rend compte que celle qui se présente comme la comtesse est Suzanne, il n'en laisse rien paraitre et retourne ce jeu de séduction contre elle :

> « FIGARO, *avec une chaleur comique, à genoux. –* Ah ! madame, je vous adore. Examinez le temps, le lieu, les circonstances, et que le dépit supplée en vous aux grâces qui manquent à ma prière.
> SUZANNE, *à part. –* La main me brûle !
> FIGARO, *à part. –* Le cœur me bat. »

Démasquée, Suzanne donne deux soufflets à Figaro avant de le battre. Ces gestes, inattendus, provoquent le rire par effet de surprise ;

- **le quiproquo**. L'acte V regorge de quiproquos. Suzanne ayant pris l'apparence de la comtesse et inversement, plusieurs méprises ont lieu de manière à amuser le lecteur/spectateur. Le déguisement, lui aussi effet comique classique, appuie ces quiproquos parce qu'ils affublent des personnages de vêtements qui ne leur conviennent pas.

Parmi les ressorts comiques nouveaux, on peut noter le rôle joué par le décor. Il change à chaque acte : tantôt on aperçoit une chambre pourvue d'un fauteuil de malade en son centre (acte I), tantôt une autre chambre plus luxueuse, celle de la comtesse (acte II), puis une salle d'audience (acte III), à un autre moment une galerie (acte IV) et enfin les jardins du château (acte V). Ce décor sert le comique de situation : sous le fauteuil du premier acte se cache Chérubin, que l'on exfiltre de la chambre de la comtesse par la fenêtre lorsqu'il est sur le point d'être surpris.

UNE THÉMATIQUE CENTRALE : L'AMOUR

L'amour est au centre de la pièce, ne serait-ce que par son titre. Plusieurs relations amoureuses se jouent durant la pièce, obéissant chacune à une logique propre :

- l'amour entre Figaro et Suzanne est sincère de bout en bout. Rien ne vient remettre en question les sentiments qu'ils éprouvent l'un pour l'autre et leur futur mariage, si ce n'est le moment où Figaro croit à tort que Suzanne le trahit (soupçon rapidement démenti). Il n'y est nulle-ment question de tromperies ou de manipulations pour avoir l'amour de l'autre ;
- Chérubin, follement épris de la comtesse, courtise galamment cette dernière. Il chante en son honneur et vole l'un de ses rubans qu'il chérit comme un trésor. Il est toutefois à noter que cet amour-là s'accompagne aussi d'un désir adolescent passionné ;
- le comte Almaviva, après avoir rusé pour obtenir un mariage avec Rosine, succombe au désir d'être infidèle lorsqu'il fait des avances à Suzanne. C'est le seul person-nage de la pièce, avec sa propre épouse, à être impliqué dans un triangle amoureux.

Les sentiments amoureux des uns et des autres participent au fonctionnement de l'intrigue et sont la base de nombreux rebondissements et ressorts comiques de la pièce.

LE MONOLOGUE DE FIGARO

Prononcé par le valet dans la scène III de l'acte V, le monologue durant lequel Figaro s'exprime longuement sur sa situation et ses préoccupations est extrêmement célèbre. Il croit à ce moment-là que sa fiancée Suzanne lui préfère le comte Almaviva et imagine dès lors son futur mariage avorté : jaloux et malheureux, il expose alors au public tout son parcours pour démontrer qu'il est infiniment plus méritant que son rival supposé.

Le texte s'articule autour de deux thématiques principales : l'amour et les conditions sociales. C'est au cours de ce monologue que survient l'une des répliques les plus célèbres de la pièce dans laquelle Figaro attaque le comte sur sa condition qui ne découle d'aucun mérite : « [...] Vous vous êtes donné la peine de naître et rien de plus. » (acte V, scène III). Son désespoir amoureux s'ajoute donc à la peine causée par les différences fondamentales entre Almaviva et lui, en grande partie dues à leurs origines sociales diamétralement opposées.

Ce monologue est l'un des plus longs de l'histoire théâtrale, fait d'autant plus remarquable qu'à l'époque de la publication du *Mariage de Figaro* de tels soliloques étaient encore moins communs qu'aujourd'hui. Mais ce texte est extrêmement dense et combine plusieurs inquiétudes propres à Figaro :

- l'inquiétude quant à la trahison de Suzanne, qui ouvre et ferme le monologue ;
- la misère dans laquelle il s'est retrouvé à plusieurs reprises, d'autant plus injuste à ses yeux qu'il ne peut avoir une vie décente malgré son honnêteté. Élevé par des bandits, il veut s'en éloigner par l'éducation, mais ne peut y parvenir et se tourne vers le théâtre. Figaro a vécu tant de choses et pratiqué tant de métiers que, finalement, il n'a d'autre position stable que celle de valet ;
- il évoque, dans la seconde moitié du monologue, la tendance des puissants au vol, ce qui ne fait que conforter leur position sociale. Figaro lui-même, élevé dans une logique de vol, a tenté d'en sortir mais n'a pu assurer sa subsistance qu'en rusant à son tour. Le vol suprême reste à ses yeux celui dont il est victime puisque le comte Almaviva tente de lui voler sa fiancée ;
- Figaro exprime également son dégout des différences entre Almaviva et lui, dues à leurs seules origines sociales. Par sa naissance, Almaviva avait d'emblée droit à tous ses privilèges. Le valet, lui, ne cesse de lutter pour ces mêmes privilèges mais ne peut y parvenir, y compris sur le plan amoureux (rappelons qu'il croit alors être trahi).

L'auteur procède ainsi à une dénonciation de certains traits de la société d'alors, mais l'esquisse dessinée semble sans espoir, avec d'un côté la classe aisée qui profite de ses privilèges sans mérite et de l'autre un peuple qui souffre de ne pas y avoir droit malgré son travail acharné. Cette dimension politique et polémique a donné au monologue, et plus largement à la pièce elle-même, l'importance qu'on lui connait aujourd'hui dans l'œuvre de Beaumarchais.

PISTES DE RÉFLEXION

QUELQUES QUESTIONS POUR APPROFONDIR SA RÉFLEXION...

- En quoi le monologue de Figaro (acte V, scène III) est-il représentatif de l'ensemble de la pièce ?
- Figaro dit, à propos d'Almaviva : « Vous vous êtes donné la peine de naître et rien de plus » (*ibid.*). Commentez cette célèbre réplique.
- Qu'est-ce qui différencie Figaro des autres personnages de valets dans les comédies de Molière (dramaturge français, 1622-1673) ou de Marivaux (écrivain français, 1688-1763) ? Qu'est-ce qui fait son originalité ?
- *Le Mariage de Figaro* est conçu comme la suite du *Barbier de Séville*. Trouvez-vous que les personnages aient évolué d'une pièce à l'autre ? Expliquez à l'aide d'exemples.
- Cette pièce est une comédie ; par conséquent, son but est de faire rire. Quels sont les procédés comiques utilisés par Beaumarchais ?
- Pourquoi peut-on dire que cette pièce préfigure la Révolution française de 1789 ?
- Commentez cette citation tirée de la pièce : « Sans la liberté de blâmer, il n'est point d'éloge flatteur. » (*ibid.*)
- *Le Mariage de Figaro* a été censuré pendant l'occupation nazie. À votre avis, quels passages ont été supprimés et pour quelles raisons ?
- Beaumarchais est-il misogyne ou, au contraire, défend-il la cause des femmes ? Justifiez.

Votre avis nous intéresse !
Laissez un commentaire sur le site de votre librairie en ligne
et partagez vos coups de cœur sur les réseaux sociaux !

POUR ALLER PLUS LOIN

ÉDITION DE RÉFÉRENCE

- BEAUMARCHAIS, *Le Mariage de Figaro* suivi de *La Mère coupable*, Paris, Gallimard, coll. « Folio classique », 1984.

ÉTUDES DE RÉFÉRENCE

- EHRNDAL N., « Femmes, révolution et effets comiques dans *Le Mariage de Figaro* de Beaumarchais », 2007, consulté le 23 septembre 2016.
- « Le Mariage de Figaro », in *Mount Holyoke.edu*, consulté le 8 septembre 2016, https://www.mtholyoke.edu/courses/nvaget/331sp08/lemariage.html
- SKENAZENE I., « Les divers aspects du comique dans *Le Mariage de Figaro* : convention et innovation », in *Academia.edu*, consulté le 23 septembre 2016, http://www.academia.edu/24724077/Les_divers_aspects_du_co-mique_dans_Le_Mariage_de_Figaro_convention_et_inno-vation

POSTÉRITÉ DE L'ŒUVRE

- *Le Mariage de Figaro* demeure avant tout connu pour son contenu provocateur. La pièce a été à nouveau censurée lors de l'occupation nazie. L'affirmation se trouvant au centre du monologue de Figaro : « Sans la liberté de blâmer, il n'est point d'éloge flatteur » a été reprise comme slogan par le quotidien français *Le Figaro*.

ADAPTATIONS

- *Nozze di Figaro*, opéra de Mozart, livret de Lorenzo Da Ponte, 1786.
- *Beaumarchais, l'insolent*, film d'Édouard Molinaro, avec Fabrice Luchini, 1996.
- La pièce a été reprise pour plusieurs mises en scène théâtrales et a été adaptée plusieurs fois pour la télévision et le cinéma.

SUR LEPETITLITTÉRAIRE.FR

- Fiche de lecture sur *Le Barbier de Séville* de Beaumarchais.

L'éditeur veille à la fiabilité des informations publiées, lesquelles ne pourraient toutefois engager sa responsabilité.

© **LePetitLittéraire.fr, 2016. Tous droits réservés.**

www.lepetitlitteraire.fr/

ISBN version numérique : 978-2-8062-8659-8
ISBN version papier : 978-2-8062-8660-4
Dépôt légal : D/2016/12603/593

Avec la collaboration de Lucile Lhoste pour les chapitres
« La censure royale », « Le monologue de Figaro »,
« Les procédés comiques du Mariage de Figaro », « Les
sentiments amoureux » ainsi que pour le complément
d'information « Liens avec *Le Barbier de Séville* ».

Conception numérique : Primento,
le partenaire numérique des éditeurs.

Ce titre a été réalisé avec le soutien de la Fédération
Wallonie-Bruxelles, Service général des Lettres et du Livre.

Retrouvez notre offre complète sur lePetitLittéraire.fr

- des fiches de lectures
- des commentaires littéraires
- des questionnaires de lecture
- des résumés

ANOUILH
- Antigone

AUSTEN
- Orgueil et
  Préjugés

BALZAC
- Eugénie Grandet
- Le Père Goriot
- Illusions perdues

BARJAVEL
- La Nuit des
  temps

BEAUMARCHAIS
- Le Mariage
  de Figaro

BECKETT
- En attendant
  Godot

BRETON
- Nadja

CAMUS
- La Peste
- Les Justes
- L'Étranger

CARRÈRE
- Limonov

CÉLINE
- Voyage au bout
  de la nuit

CERVANTÈS
- Don Quichotte
  de la Manche

CHATEAUBRIAND
- Mémoires
  d'outre-tombe

**CHODERLOS
DE LACLOS**
- Les Liaisons
  dangereuses

CHRÉTIEN DE TROYES
- Yvain ou le
  Chevalier au lion

CHRISTIE
- Dix Petits Nègres

CLAUDEL
- La Petite Fille de
  Monsieur Linh
- Le Rapport
  de Brodeck

COELHO
- L'Alchimiste

CONAN DOYLE
- Le Chien des
  Baskerville

DAI SIJIE
- Balzac et la
  Petite
  Tailleuse chinoise

DE GAULLE
- Mémoires
  de guerre
  III. Le Salut.
  1944-1946

DE VIGAN
- No et moi

DICKER
- La Vérité sur
  l'affaire Harry
  Quebert

DIDEROT
- Supplément
  au Voyage de
  Bougainville

DUMAS
- Les Trois
  Mousquetaires

ÉNARD
- Parlez-leur
  de batailles,
  de rois et
  d'éléphants

FERRARI
- Le Sermon sur la
  chute de Rome

FLAUBERT
- Madame Bovary

FRANK
- Journal
  d'Anne Frank

FRED VARGAS
- Pars vite et
  reviens tard

GARY
- La Vie devant soi

GAUDÉ
- La Mort du
  roi Tsongor
- Le Soleil des
  Scorta

GAUTIER
- La Morte
  amoureuse
- Le Capitaine
  Fracasse

GAVALDA
- 35 kilos d'espoir

GIDE
- Les
  Faux-Monnayeurs

GIONO
- Le Grand
  Troupeau
- Le Hussard
  sur le toit

GIRAUDOUX
- La guerre de
  Troie
  n'aura pas lieu

GOLDING
- Sa Majesté des
  Mouches

GRIMBERT
- Un secret

HEMINGWAY
- Le Vieil Homme
  et la Mer

HESSEL
- Indignez-vous !

HOMÈRE
- L'Odyssée

HUGO
- Le Dernier Jour
  d'un condamné
- Les Misérables
- Notre-Dame
  de Paris

HUXLEY
- Le Meilleur
  des mondes

IONESCO
- Rhinocéros
- La Cantatrice
  chauve

JARY
- Ubu roi

JENNI
- L'Art français
  de la guerre

JOFFO
- Un sac de billes

KAFKA
- La Métamorphose

KEROUAC
- Sur la route

KESSEL
- Le Lion

LARSSON
- Millenium I. Les
  hommes qui
  n'aimaient pas
  les femmes

LE CLÉZIO
- Mondo

LEVI
- Si c'est un
  homme

LEVY
- Et si c'était vrai…

MAALOUF
- Léon l'Africain

MALRAUX
• La Condition
  humaine

MARIVAUX
• La Double
  Inconstance
• Le Jeu de l'amour
  et du hasard

MARTINEZ
• Du domaine
  des murmures

MAUPASSANT
• Boule de suif
• Le Horla
• Une vie

MAURIAC
• Le Nœud
  de vipères

MAURIAC
• Le Sagouin

MÉRIMÉE
• Tamango
• Colomba

MERLE
• La mort est
  mon métier

MOLIÈRE
• Le Misanthrope
• L'Avare
• Le Bourgeois
  gentilhomme

MONTAIGNE
• Essais

MORPURGO
• Le Roi Arthur

MUSSET
• Lorenzaccio

MUSSO
• Que serais-je
  sans toi ?

NOTHOMB
• Stupeur et
  Tremblements

ORWELL
• La Ferme
  des animaux
• 1984

PAGNOL
• La Gloire de
  mon père

PANCOL
• Les Yeux jaunes
  des crocodiles

PASCAL
• Pensées

PENNAC
• Au bonheur
  des ogres

POE
• La Chute de la
  maison Usher

PROUST
• Du côté de
  chez Swann

QUENEAU
• Zazie dans
  le métro

QUIGNARD
• Tous les matins
  du monde

RABELAIS
• Gargantua

RACINE
• Andromaque
• Britannicus
• Phèdre

ROUSSEAU
• Confessions

ROSTAND
• Cyrano de
  Bergerac

ROWLING
• Harry Potter à
  l'école des sor-
  ciers

SAINT-EXUPÉRY
• Le Petit Prince
• Vol de nuit

SARTRE
• Huis clos
• La Nausée
• Les Mouches

SCHLINK
• Le Liseur

Analyse de l'œuvre
Germinal

Analyse de l'œuvre
L'Étranger

Analyse de l'œuvre
Le Père Goriot
de Balzac

Analyse de l'œuvre
Candide ou l'Optimisme
de Voltaire

Analyse de l'œuvre
scar et Dame rose